鼓笛叢書——⑥

歌集

折り鶴

永野雅子

Nagano Masako

飯塚書店

歌集　折り鶴　＊　目次

歌集　折り鶴

永野雅子

ウォーキング

肩の荷をひとまづ降ろし出でゆかな夕映えの空に染まるウォーキング

いつどこで会ひし人かと思ひつつおもひつつそつとふり返りみる

会釈するタイミング少し早すぎてひとり相撲のちさき鬱憤

あふぎみる空はみ出さうな航跡雲きぞの拘泥《こだはり》しばし忘れて

とびたたむ意志の集まりタンポポに魅入られて息吹きかけてゐる

多羅葉

マンションの並ぶがごとく葉ぼたんの四《よ》列縦隊に斜陽あまねし

ふと萌すてのひらほどの言の葉をしたためむかな多羅葉《たらえふ》おもひ

必着と消印有効　ときの間《ま》をすとんとポストに放たれる音

心だけポストに落としてしまひしか宛名不明の文かへされて

母の掌《て》に包まれしごと届けらるころ柿ゆずジャムふるさとのお茶

空色の糸

足場組まれまゆごもりゐるマンションの一隅《すみ》にふつうの空を恋ひをり

青空を着てゐるやうな感触の綿のTシャツ風ふきぬけて

衣魚《しみ》といふ虫養ひしスカートの空色と同じ糸を下さい

蜘蛛の網

前かがみの歩みとらえしショーウィンドウ鏡のなかのわれが驚く

地下這へる地下鉄が不意にくらやみを脱ぎて閃光浴びるたまゆら

一夜城のやうに正体あらはして蜘蛛の巣ゆるるベランダの陰

もう主《ぬし》はもどらないのか置き去りの蜘蛛の網《ゐ》ゆれてハンモックのごと

悲しみはかくかくしかじか持ち越して降《くだ》りくだるなりみなとみらい線

一日花

移りゆく日々のニュースを追ひかけむ新聞が古紙となりゆくあはひ

生と死を昼夜のごとく生きむとすひと日は一生《ひとよ》一日花はも

ななめ読みながし読みまた拾ひよみ情報の海をたゆたひてゐる

いづれもわたし

商人《あきんど》とふひびき恋ほしくスーパーに夕べ黙してもの選びをり

右の手にみぎの人格左手にひだりの人格いづれもわたし

据ゑられし防犯カメラの眸《め》に射られ白米五キロ右手に選ぶ

食品も日用雑貨も混じりゐるレジ袋凸《でこ》と凹《ぼこ》が引きあふ

レジ袋風にくるくる運ばれて降れど地《つち》にはもどれずむなし

硬貨

ワンコインで購へるもの数多あるあるからかなし百円ショップ

捨てるには未だ迷へるセーターにコインころがし表がでたら

ユーロ銭みやげに貰ひ四ケ国歴訪の旅のかの日思へり

独仏墺丁《デン》めぐりし旅の枕銭も国のにほひもひと色に非ず

丁抹＝デンマーク

国越えの前に硬貨を使ひ切らむ気概にみちしヨーロッパの旅

チェロの音

エルガーの「愛の挨拶」チェロの音《ね》よ話しことばのやうに沁みきぬ

昔語り祖母《ばあ》にねだりて眠りしは遥かなりあのオノマトペ恋ふ

温かき情けも移ろひ行間をぬふやうに取るあやとりの綾

〈木のホール〉まで

勾配が靴の底ひを圧《お》してきて歩むペースは自づときまる

堆《うづたか》く散り敷く紅葉くさぐさの織りなす光り舗装路のうへ
チェロの音まろやかならむ紅葉坂息をはづませ〈木のホール〉まで

窓を透く光やさしき県立音楽堂《おんがくどう》ふるき昭和の佇まひなり

さう悪いことでもないか年取るは女流チェリストの楽《がく》にきき入る

チェリストの四十年後を聴いてゐる藤原真理の今宵のフォーレ

長谷寺

差しまねく松の緑にくれなゐの提灯しるき長谷の鎌倉

待たす人待たさるる人の機微しるや長谷寺の門斜交《はすかひ》の松

東日本大震災被災物故者の霊まつられしみ堂に参る

灯明《みあかし》の揺れしたまゆら片ほほの陰影ふかし観音菩薩像

外つ国の観光客に道きかれ汗かく庭に京鹿子さく

原発あはれ

遠き世のかりそめにあらず津波被《かぶ》りし制御不能の原発あはれ

茎立《クキタチ》菜《ナ》カキ菜チヂレ菜紅菜《コウサイ》苔《タイ》風評に遭ひし菜の名やさし

水もガスも電気届かねば止まる街計画停電の闇の広ごる

遠きわれら首都圏にむけ電力を供給しつづけし原発と知る

ご存命ならば竹山広さんのフクシマへの思ひいかばかりならむ

総幸福をめざす国より贈られしシボリアゲハの紅の緒すがし

しあはせ度はかる物差しゆらぎをりブータンシボリ風に舞ひまふ

まなこ閉ぢても

同室といふも三日のお交際《つきあひ》されど手術の不安言ひあふ

白内障手術ののちに配食のアジの塩焼き胃の腑にしみる

白濁ののぞかれしわが眼《め》うるほすか青葉わか葉のひかりの飛礫《つぶて》

瞳《め》に水は禁物されど日に四度《よたび》さす目薬に七日過ごしき

若葉かぜ戦げる森にほつほつと桐の花影まなこ閉ぢても

来るか来ぬか

アルバムの頁《ページ》きのふへ捲りゆく風はしがない過去案内《あない》人

さらさらと修正液を恃まずに書き上げむかな息とどのへて

ペンで書くことにこだはり保《も》ち続けし昭和の作家あな愛しかり

震度はた人身事故の一報にしばしも放送遮られたり

来るか来ぬかわからぬ大地震《なひ》くるくると匙にまぎらす紅茶の香り

曖昧も中途半端もゆるされて狭霧の今宵ひと駅あるく

夕まぐれふうはり車道にさらはれし麦わら帽はわたしの分身

称名寺

広重の金澤八景全図よりぬけて来るや「稱名晩鐘」

シーサイドラインのさきに称名寺　赤門は現在《いま》と中世分かつ

反り橋の段《きだ》をふみしめ渡るときふつと木の香のたちのぼり来ぬ

浄土へとわたる心地の太鼓橋ゆらりゆらりと映す池の面《も》

聖《ひじり》かな亀の鳴く音《ね》か聞きやれば砂洲にあそべる大亀小亀

闇鍋

チゲ鍋の唐辛子いろに染まりつつ豚肉にそふ豆腐はもめん

うしほ汁薩摩《さつま》汁かす汁御清汁《おすまし》よ遠くきこゆる闇の鍋はも

ストーブを囲む団欒ありました薬罐きりもち行平のせて

立冬の風に吊すや庭の柿術後ひと月の父余念なし

椀ぎし柿すだれに造りゆくまでの父の背《せな》はつか丸くなりたる

父と同じ年恰好のひとと瞳《め》のあひし瞬間席ゆづりたり

網棚の高くて狭き新車輛ゆきずりの掌がわれに添へらる

駿河待庵

初日の出真似たるやうに円《まど》かなる初の月の出拝みてをりぬ

にひどしの吉事《よごと》おもはせ菊の副ふ沼津御用邸の事始め「歌会」

水仙のひと群れの白めでにつつ松籟をきく潮騒をきく

小流れの橋の向かうに招くがの駿河待庵こけ生す庭に

軽やかな奥駿河湾のしほ風に磨かれるとや〈沼津垣〉みゆ

旅の途の沼津の駅にもとめらる浜岡原発停止の署名

春浅き潮のとほ鳴りひろひゐて耳は終日《ひねもす》貝がらとなる

ふじがねの白き山巓《さんてん》のせるがの沼津駅棟暮れなづみけり

きのふまで慌て焦つてゐたわたし〈こだま〉の車窓にふじやま送る

トキ

きぞの悔ひ笑ひとばすや「あつはつは」いちばん鴉の鋭き声に

啼く声がまた啼き声をよびよせて夕べ椋の木ふくらみてゆく

たが靴にはこばれ来しや黒土のにほひほのかに歌会ののち

けふも来て遊びせむとや群すずめフェンスの網の目のとほり抜け

さへづりを笑ひ袋のごと集め今し大樹は一羽を放つ

トキが餌啄みし田のみえるやうネーミングや芳《よ》し「朱鷺踏んじやつた米」

飛来するトキにやさしき農法とや「朱鷺踏んじやつた米」の小袋

招くてのひら

訪ふ人のまばらとなりし通りすぎ岡本太郎のまねく掌像《しやうざう》

青白き岡本太郎のてのひら像　かつて経済右肩上がり

人の往来《ゆきき》盛んなる頃偲ばせて手の平像にさくらの吹雪く

レコード鑑賞会

図書館の角の一室初にきくそのオーディオのレトロなる音

針落とす　音たちあがる一瞬の張りつめし間《ま》はアナログのもの

レコードの溝にふはつと針置かる瞬間耳は身構へてをり

ＬＰのレコード盤をくろぐろと溝いく重にも巻きて光れり

「ブラームスはお好き」と問はれゐるやうな県広報の誘ひのコラム

スピーカーの発する一声ものがなし奥深く澄むクラリネットは

長調とも短調かとも割りきれず曇天にうす陽射しくる気配

ホームのさくら

人の添ふ改札風景うかび来る駅それぞれの入鋏《パンチ》のかたち

うとうととまどろみたるは一瞬のことと思ふも一駅通過

喧騒を味方につけて美《は》しく咲く相模原駅ホームのさくら

段差あるホームと車輛の仲立ちの板もて待てる車掌の後姿《うしろで》

扉あきホームに降りたつ車椅子そを押す人とひとつのひかり

風化

強面《こはもて》でなくてよかつた巡回の研ぎ屋の男に包丁託す

右傾化に抗はむとし意見広告《くわうこく》の粒子のうねる憲法記念日

平和とは空気のやうに存るものか眼《め》をあき続くる不動明王

コンビニに求めたり『日本国憲法』掌《て》にのるサイズずしりと重い

問ひかけが忘れられゆくメカニズム最新ニュースがニュース押しやる

戦争を語るものまた潰えたり「日本傷痍軍人会」解散す

鎖したる戦後の記憶　辻立ちにアコーディオン流す〈天然の美〉の

ひたひたと制限の加へられてゆく自由はきのふの「自由」にあらず

ふらここ

金平糖ちらしたやうにエゴの花　着地は固きアスファルトみち

レース編みのプランの続きあるごとく紡がれゆかむ額あぢさゐの

土のにほひ水のにほひ木のにほひ螢の里の闇に近づく

ゆらゆらと揺れる心のままでよしふらここの上《へ》に月かげさして

六月《みなづき》の月かげ浴みてふらここに君まつ心ゆらしてをりぬ

月のさざ波

障子など無縁にみえるマンションにふたつの和室もてる優柔

リビングの明かり落してしばしわがうちに寄せくる月のさざ波

しばしからしばしばしばとなり数独といふ逸楽に入りて出られず

大和路

けふ逢へる南円堂の秘仏秘宝おもひ馳せつつ駅の茶房に

―興福寺―

三月堂に夕立の音ききながら不空羂索《ふくうけんじやく》菩薩在すうつつ

―東大寺―

置き忘れしもの速やかに返りたる町と刻めり登大路町

拝《をろが》むと観るとのちがひ思ひつつ寺苑のほとり鹿と遊びぬ

空の青映しきらめく水張田の整ひゆける六月はじめ

古畳

二十円の岸田劉生麗子像　切手の昭和に思ひ馳せをり

エンピツの短きを耳にはさむ所作をのこ働く昭和の活気

古畳まづ一枚をかろがろと柄に差しはがす若き職人

わた埃積みたる歳月十年余巻きもどすかの畳替の日

玄関を開ければこもる蘭草の香さやかに立ちぬ秋の夕暮

マイク

われの声どの角度にて拾ふのか無意識にもつマイクの重さ

マイクまで神経届かずぐぐもりて虚ろなる声われかと思ふ

捕へどころなきわが心写し取るリトマス紙あらばその色みたきに

ダイヤモンド婚

今年《こんとし》は「昭和でいふと八十九年」昭和ひとけたの父かぞへます

オリンピック東京招致の朗報を追ひ風ときく全国大会一回

八十過ぎの父母《ふぼ》おづおづと言ひ出しぬ東京五輪《オリンピック》まで生きてみたしと

祝ぎごとのその日めざして体調を整へゆけるや老い人ふたり

恙なく共白髪なり父母を祝ふダイヤモンド婚の土曜日

気がつけば婚六十年よさう言ひて華やぐ父母をカメラに収む

ぽんこつといふ語やさしく響かせて母はも小さくゆつくり歩む

年女

ラジオから「けふは何の日」一瞬を耳そばだてる誕辰の朝

耳順とも還暦ともいふ六〇《ロクマル》よ吾はゴジラと共に迎へむ

山頭火を味ひ読むに丁度よき齢《よはひ》とはなる年女われ

かまきん

ゆく道のわが足下に舞ひおつる紅葉一葉《いちえふ》意志あるごとく

ゆれてゐる源平池のうつし込む白鳥のやうな美術館ひとつ

鶴岡《つるがおか》八幡宮の境内に白さまぶしきかの近代美術館

神苑に豆腐一丁置かれしや鎌倉近代美術館「鎌近《かまきん》」

借地権の期限せまれる鎌近のそのゆく末や白壁に倚る

落葉

混みあへるバス走り出せば蒼穹もゆつくり動くしもつきの朝

石畳をすすり泣くがに寄せられて枯葉どち空に巻きあげられつ

ふらと来てモデルルームの異空間ままごとのやうな空気を吸ひぬ

落葉どち乾《ひ》反りてもなほ緋に朱に色冴えながら吹き溜りたる

くろぐろと冬樹木のあり群なして留むる鳥の影は動かず

青りんご

与へられし三十一《みそひと》文字はよき舞台うたよむ吾の今年始まる

懇ろに鉛筆を削り並べゆく儀式済ましていざ書きゆかな

鉛筆を削るはこれのいのちなる寸を約《つづ》めることかも知れず

伸び代のなきは弾かれ捨てらるるもの思ふリンゴ摘果の瞬間

すんなりと見えねど悩みや問題を抱へたる人奥深きかな

青りんご未来の韻《ひび》き青りんごかつてわたしの閉ぢたるこころ

バス汗ばむや

雪掻きのシャベルの音の響きゐて男手揃ふや窓辺に寄りぬ

背骨からチェーンの振動伝はり来《く》雪の道ゆくバス汗ばむや

山上にゆきあへるごとマンションの雪の小径で譲られてをり

歩みつつ懐中電灯のひかりの輪ペット連れゐるほどの親しさ

角曲がり目が合つたちよつと痩せ型の雪だるま二つ添ひて笑みをり

小道へと入る車に出る車ゑがく曲線あうんの呼吸

隠れてはひよいとあらはる枇杷色の満月ふはつと繁みに乗りぬ

春の宵

自らの裡の赤鬼小坊主をうつちやる気配やみの青鬼

鬼がすつと人に入りきて悪さしてまた抜けてゆく春の宵かな

須臾《すゆ》おにが人になり替はり悪さする次は己の番かとおそる

流灯忌

童謡の節のごとくに師のみ歌すらり誦《とな》ふる先輩歌人

濡れてゆかむひらがなのやうなけふの雨まどみちおさんの訃報に会ひて

昨日《きぞ》のあめ雪とかす春の雨ならむ梅林につづく泥濘《ぬかるみ》うれし

流灯忌はるの彼岸に近き日の穏しきひかり浴びつつ参る

掌を合はせ頭を垂れて拝《をろが》みぬ師のみ霊眠る東禅寺墓苑

こんこんと湧き出づる水汲むごとく詠みつづけよとふ師匠の教へ

流木のあとを逐ふがに漂ひて花筏の光《かげ》ふくらみてゆく

こしあぶら

山菜の旬の香りが届くごと〈鼓笛〉の人の新刊歌集

揚げたての衣透きくるさみどりのうるい楤の芽こしあぶら哉

名付け親しりたくもありコシアブラ口中にふはと新芽のかをる

安保関連法

この字面せばまりてみゆ一面トップ安保関連法案拾壱

平和とは退屈なものと詩人説き未だ味はひ尽くせぬわたし

エゴの花滂沱と散りて術のなく自公合意の安保法十一

国民を欺くものか十一の安保法制を「平和」と名付け

五・三ケンポー集会三万のひとりとしヘリにバンダナを振る

ピースデモ

場ちがひと思ひつづけてなほそこに居つづけてわれ何をか摑まむ

政権へもやもやとする胸の裡絞り出すのだデモの隊列

リーダーの声にわれらが重ねたる唱和の叫び生まれては消ゆ

のみど深く一杯の水吸はれゆきシュプレヒコールの火照り収むる

あくまでも護られながらゆくデモの列の中なるわたしの動き

水蜜桃

水なすの墨のにじみのやうな藍目に涼し気な浅漬けを食む

水蜜桃汝《なれ》のも取ってあるからのメール来りて実家《さと》ごころづく

茄子の身を炙るほのほの舌ながく料理とは言へぬ焼きなすいつちやう

捥ぎたての桃が友より届きしと母それとなく帰省促し

戦後七十年

赤紙のやうにも見ゆるマイナンバー不在連絡票のくれなゐ

乗り換への高架の駅にわが背を風は押したり多摩川ひかる

黙禱を促す女声のアナウンス乗り換へ駅のホームにふり来

乳母車ゆ揺るる風船そをもてる小さき手いくつ見え隠れして

蒼穹をおほふ風船なほ高く上がれ上がれよ不戦の誓ひ

地熱しんしん

お供物の西瓜が小玉のやうに見え長谷の大仏やさしく御座《おは》す

猛暑日の熱蓄へしみほとけの胎内くぐり地熱しんしん

炎昼の参道を逸り歩みきて境内に吹くみ仏の風

逝きし七月

ほつほつと蟬のぬけ穴目にやさし都会《まち》に砂地の残れるしるし

額《ぬか》の汗しづくと落つるその刹那まゆ根の奥に受け止めよかし

リセットの利かぬ人生《ひとよ》の砂時計いさご落ちゆく速度は増せり

下ぶくれ黒縁めがねの向かう側ハッパフミフミと呟いてみる

昭和あの時代《とき》の根元に鏬はしる永六輔《ろくすけ》大橋巨泉《きよせん》逝きし七月

巨泉似と言はれ惑ひし中学のわれの丸顔黒縁めがね

昭和とふおほ屋台骨ゆるびたり小沢昭一も野坂昭如も亡く

リオ五輪

体操は生中継《ライブ》がよしと寝《ね》を割けば逆転勝利の一瞬に逢ふ

鉄棒の着地の息呑む瞬間を浮かべては短歌《うた》の結句にきほふ

瞬発性跳馬の演技その着地髪の乱れも美しき内村《うちむら》選手

接戦を制した者の向ふ先インタビューも戦略のうち

泳ぐがに空飛びたくも未だわれ飛ぶといふ字の書き順おぼろ

秋まつり

けふのみの編集会場にゆき合へる男神輿の汗ふんぷんと

御神輿のソイヤソイヤと近づける気配めでたし渋谷十字路

秋まつり金王神社テント前よき鉢合わせに鼓笛編集員は

山車を揉む人らピリリとひきしめて扇の要に拍子木打つ人

辻ひとつ早く曲がりてしまひしかゆるやかに修正《なほ》す落ち葉のこみち

ざつくり

晩秋の露けき夜の草間より消え入りさうなこほろぎの声

身を護るマスクの筈がこの日頃こころの不調に蓋するわれか

暖色の極太編みのマフラーにわれの心もざつくり包む

飯炊《いひかし》ぐにほひ漂ふ家ぬちのおつとり暮るる夕こそよけれ

絞るなど言ひて急須を傾けぬ最後のひと振りひとしづくまで

春寒

ウフフフと堪《こら》へきれずに笑ふ波大なみ小なみで読む佐藤愛子《あいこさん》

言の葉のウラもオモテも包みこみ「九十歳何がめでたい」哉

弾みつつ床に散りぼふ金平糖四色《よいろ》の星のわらふ春寒

オノマトペ

甘党に傾きさうな春の宵切干大根ことこと煮詰む

些事なるも一つ一つを積みゆけるそのこつこつの音に安らぐ

この春を限りとあふぐ路地裏の桜ひと本はらはらこぼす

丸の内駅舎のつばさの展がりを視野に確かむ春宵のどか

指貫きに当ててこつこつ進みゆく刺し子ふきんの青海波文様

水無月

胸騒ぎをシュールな世界にとぢこめて白雲の影ルネ・マグリット

マグリットの油彩ゆ抜けてうすあをき空に浮きたる三日月淡し

夏至の日のまこと明るき薄ぐもり絵のなかの時間《とき》と交錯したり

暮れさうで暮れない上野公園の噴水おぼろ空にとけゐつ

昏れなづむ水無月の空に添ふわれの体内時計八つ時のまま

黄昏の深まりゆかぬ水無月にいま何時かと問ひ繰り返す

生きの日の持ち時間数多あるやうな錯覚にゐる夏至この日頃

お駄賃の時間のゆとり夏至といふ宵の明るさ長きを過ごす

あはあはと薄暮の空のつづく今時間《とき》に糸目は付けずにおかむ

あぢさゐ

十年を今につながる高幡《たかはた》不動のあぢさゐにも一つひとつのえにし

み仏とつながる五いろの糸に触れ巡りゆかむかあぢさゐの青

移ろひて移ろへるけふの藍もよし未来といふ名のあぢさゐがある

ゆるやかな流れの中の置き石よ水欲りにくる鳩ら遊ばす

あぢさゐの葉群に雨のしづくして寄れるでむし見てゐる私

語り部

ふり返るふた歳前の九《きう》・一九《いちきう》「安保法制」強行成立

語られて語りつがれし言の葉はわたしのうちに燠火となりぬ

ヒロシマとナガサキの悲劇わがことのやうに語りし父母の昭和よ

挨拶や昭和何年生まれかと言ひ合ふをきく語り継ぐ会に

水団《すいとん》の肉入りスープ配られて勿体なきほど平和のかをり

折り鶴

Tシャツにウツセミいくつ止まらせて男の子ゆくなり時のはざまを

なぜといふ問ひの答へをもちながら寝ころびて見る雲の文様

ツル折らむツルを折るときツル折れば未だ焦がれるわたし流ツル

節くれの手指に余る折り鶴の何工程かの難所にあひて
プロセスを幾つ重ねてツル折るや折るは祈るにとけ合ひてゐる

戦後とふ齢《とし》重ねゐる八月よわが掌《て》にボール渡さるる心地

「終戦」をいちいち敗戦といひ直すわれの抵抗小さき一歩

イカスミ

掬かむと触れたる刹那イカスミにエプロン黒く染めしかの日よ

一杯の烏賊を捌くは解体の心かひとまづエンペラ外す

先端のエンペラ外せば背骨まで共に従きくる烏賊の成り立ち

誤ちて嚢《なう》にふれしかエプロンを墨染めになす烏賊のトラウマ

エンペラを外して薄皮剥ぐまでをひと流れにて妣《はは》の教へは

箱根大会

ひと月の会誌の草稿詰まりゐる松田代表リュックの背は

負ふてゐるリュックの重み「鼓笛」誌の五十頁に相当するや

ひととせに一度の祭りうた仲間挙りて集ふ全国大会箱根

席用の三角名札確かめて向かうへ返せば歌会の一員

九・二六は大型台風の特異日と今にし思ふ事無く過ぎて

網棚に荷物あることちよと忘れ下車してしまふ歌会帰り

散りやまぬもみぢ黄落《こうらく》生まれては次つぎと逝く時間《とき》の流れよ

望の月

車窓《まど》に寄り駅標読まむと目を凝らす動体視力の衰へのなか

日に一度ひとみ凝らして焦点を遠くにとばすわれの月読《つくよみ》

月みむと見るためにだけ通ふ道分けても今宵望の月なる

世界遺産

被爆地の長崎はまたキリシタン受難の歴史しづかに保つ

列島の西端にしてキリシタン弾圧の歴史〈二十六聖人〉たつ

殉教のキリシタンその佇まひ舟越保武の彫像《ブロンズ》にみゆ

島国のそのまた島のなかの嶋多島にて成る長崎県は
海に抱かれをちこちの島それぞれに十字架戴く礼拝《いのり》のかたち

梅の香

心まで凝《こご》るこがらし吹く夜は鍋にしませう白菜ほどく

いしやきいも緩く口上先立てて軽トラわれを追ひ越してゆく

梅の香に魚《いを》焼くにほひほのかにも交りきたりて宵のわが町

「ご面倒でも」のことば羞《やさ》しく二個がほど饅頭購ふ初老の人よ

裏木戸の開きしままにひと本の梅のかがやき絵のごとく見ゆ

炎鵬にわく

みる夢の重たくなりにし掛けぶとん処分する掌《て》にさくら散りかく

はらはらと途切れもあらで花筏そを湲ひては舟人動く

夢見ない　わたしのゆめに石本師うたの極意を説かれつつ消ゆ

体格差を逆手にとりて連勝の炎鵬にわく令和「はつ場所」

元旦が二回あるかの令和なる五月大相撲は初場所のごと

運慶の童子の像にさも似たる炎鵬をとくとテレビ観戦す

平成と別れることばや馴染みたる陛下のみ声ふるへて聞こゆ

同意書

向き合ひて小玉西瓜を食ぶれば種のむ夫に種すつる吾

同意書を書いたり書いてもらつたり夫婦互みにここ数ヶ月

思ひがけず人間ドックに引つ掛かり精密検査・組織診経つ

朝採りの青菜につき来て蝸牛《まひまひ》の赤子が小さきアンテナもたぐ

検査五つ順に従ひこなし来て審判下るああ診察日

キッチンの脇にまひまひ生きゐるを朝にたしかめ青味を補充

病窓

ひとつ布まとひて台に横たはる無影燈の下わが身を預け

藤田嗣治《つぐはる》の裸婦の膚《はだへ》に影のごと添ふジェイ布の映りよきかな

ジェイ布＝フランス更紗

名を呼ばれ目覚めしわれはベッドの上《へ》手術台のこと記憶にあらず

つゆ晴れの空の高みに望の月わが病窓へひかり投げかく

癒えてゆくわが創痕よそを直視できない己けふは許さう

祝三十五年

澄みわたる空に一瞬吸はれたりもやもやつとしたわたしの心

設立ゆ三十五周年記念する自治会イベント「ゆりのき」の秋

ひととせを積みてなしたる三十五年《さんじふご》とし取りながら年を諾ふ

ケネディの就任演説引用せし自治会長の祝辞あつかり

他人《ひと》ごとのやうに聞きこし老人とふ言の葉しみるけふ六十五歳《ろくじふご》

長崎恋ひ史

〈エッセイ〉

二十六聖人

左手に舟越保武彫りにける塑像に生への執念たばしる　『やじろべえ』より

これは以前、鼓笛誌〈石本隆一・この一首〉で抽かせて頂いた歌である。その時点で舟越氏がそれほどに稀有な彫刻家とは知るよしもなかった。が、晩年に脳梗塞で右手の自由を奪われたままの創作活動であったと知る。

掲出歌はやがて「日本二十六聖人殉教記念碑」へと私を導くこととなる。そのブロンズ像に出合ったのは、新聞土曜版のカラー写真でだった。長崎市西坂の丘、つまり刑場跡に立つ等身大の「二十六聖人像」にぐいと引き寄せられた。

二十六聖人とは一五九七年、豊臣秀吉によって処刑された最初のキリシタンである。十九世紀、正式にカトリック教会によって「聖人」となされ、それより百年を記念してのブロンズ像制作の由。長崎市とイエズス会から舟越保武氏に依頼され、一九六二（昭和三十七）年完成する。氏四十九歳の晴れ舞台だった。この作品により「戦後日本を代表する彫刻家」との評価が固まったようだ。

さて西坂の丘には彫刻家、舟越保武（一九一二～二〇〇二）の二十六聖人の像と、建築家、今井兼次（一八九五～一九八七）設計の「日本二十六聖人記念館」そして「聖フィリッポ西坂教会」が隣接する。これらはすべて、二十六人の列聖百年に合わせ一九六二年に建てられたものである。

今井兼次という人は、日本にいち早くアントニオ・ガウディ（スペインの建築家）を紹介したことで知られ、聖フィリッポ教会の陶片モザイクの壁面などにその影響ものぞかせている。モザイクに使った陶片は、二十六聖人が歩いた京都～長崎間の窯元や、長崎の老舗料亭「花月」などから寄せられたもの。なお、教会の名前も二十六聖人の一人から取られている。

すぐにも西坂の丘に飛んでゆきたい思いを押さえつつ、何とか筆をすすませて頂いた。が、遥かむこうの地という思いは募るばかり。忘れていた恋心、それも片恋の切ない情が久しぶりに身内をめぐっている。それを癒やしたく長崎と名のつくものについ手が伸びて、長崎みそのパックを買う始末……。

否、恋しの感情を文字って〝恋ひ史〟とし、キリシタン弾圧と被爆という歴史をくぐってきた「長崎」を私なりに綴ってゆきたいと思う。

（鼓笛　二〇一九年六月）

兼題「島」

さて今回は、長崎とは些か遠いところから始めさせて頂きたい。短歌の実作を勉強するのに兼題をやるのもひとつだよ、と教えられたのは石本先生か、それとも先輩のどなたかだったろうか。少しでも上達できればと思い、早速明治神宮献詠会の門を敲く。平成十七年三月のことだった。以来十五年近く、月に一度の課題一首をともかく欠詠はすまい、という日々だった。そして時代は令和へと移り、ある節目のようなものを感じている。

その思いを強くしたのは会の選者、岡野弘彦先生の引退で、それは平成も終わろうかとする頃、突然であった。私が入会したときすでに先生はベテランの選者としておいでであった。以後長らく会を支えていらしたとお察しする。

ところで兼題を出題し、寄せられた歌から玉を見出す選者の先生方は六名いらっしゃって、年間二回（ふた月）を選に当たられる。題によっては私など七転八倒のごとく悩み、不本意ながら投函となるのだが、全国からは毎月五百は下らない投稿があるようだ。預選（上位三首）はおろか、紙上掲載の選外佳作に採られるのもそう簡単ではない、と身に沁みている。だからこそ選に通った数える程の拙歌には、情が移ってしまう。

平成三十年七月の兼題「島」は岡野先生の出題であった。のちにこの月が先生最後の選歌とわかるのだが、出詠の時点では知る由もないのだった。島とくれば私としては長崎という県を思わずにはいられないので次のように詠んだ。

列島の西端にしてキリシタン弾圧の歴史〈二十六聖人〉たつ

この題材では誰も詠んでいず、かつ「潜伏キリシタン関連」がちょうどユネスコ世界遺産に登録された頃と重なったこともあってか、めでたく選外佳作となる。こんな特殊な歌柄で入ったこと自体に驚き、満ち足りた思いに浸って、兼題を学ぶモチベーションというべきものをこの時にすっかり失くしてしまったようなのだ。

われながら長崎の、それも舟越保武のブロンズ像〈日本二十六聖人殉教記念碑〉への思い入れには呆れるばかりだ。さて楽しくも苦しかったこの修業、元号も代わったことだし気分よくして今年を限りにしようかと思う。それにつけてもこの会に入り拙歌を初めて拾って下さったのも岡野先生であった。

（鼓笛　二〇一九年十月）

おくんち

三十八年ぶりに訪日したローマ教皇が、核廃絶を力強く訴えた姿は記憶に新しい。まずは被爆地である長崎、そして広島から。それと共に、十一月の雨のなか長崎の西坂公園、〈日本二十六聖人〉の記念碑の前でフランシスコ教皇により追悼式がもたれた。これは私には嬉しいできごとであった。

そんな長崎に、実は新婚旅行で一度訪れたことがある。夫は北海道に行きたいのを私は何かと頼みこんで九州になったのだから、女は強い？　いや昔から九州には惚れていた私なのかも。

さてその旅行、偶然にも三十八年ほどさかのぼった十一月の初め。夫が運転するレンタカーで平戸大橋を越え、唐津（佐賀県）に差しかかると、街の雰囲気が生き生きとしてこれから何か始まりそう……。遠くで響《とよも》すような体感……。くんちであった。「唐津くんち」で街が祭り一色に染まる十一月二日から四日頃私たちはここを通り抜けたことになる。

これを機に長崎にも、くんちがあることを知る。その「長崎くんち」は日本の三大祭りの一つとされ、日取りも新暦の十月の七日から九日、道理で出くわさなかった訳だ。

九日《くにち》が訛ってくんちになったそうで、陰暦の九月九日、つまり一番めでたい数である九が二つ重なる、重陽の節句から来ている。諏訪神社の氏子である長崎の人は丁寧に、おくんちと呼びかわす。

さて、諏訪神社の大祭である「長崎くんち」は、切支丹《キリシタン》禁圧を進めたい長崎奉行の政策の一端をも窺わせる。寛永のころ奉行所は、諏訪神社を長崎の氏神と定め、長崎に住むものは一人残らず諏訪神社の氏子としたのだ。それによりくんちは、長崎あげての神事として栄えてきたのではあるが。また前夜祭として催される「庭見せ」も、一種の踏絵の様相を帯びる。うちは切支丹ではありませんよ、ほらご覧のとおり何もないでしょうと、庭ばかりか、家中を開放して客に見せることから始まったと言われている。

もう今となっては遠い昔のことと一笑に付すこともできようが、先人の苦渋に満ちた時代を経て、いまの自由という空気を吸うわが身をしばし思ったことだ。

味わい深い好著『長崎ぶらぶら節』（なかにし礼）を読みかえしながらの、今回のこころの旅路。くんちの箇書は、ところどころ引用させて頂いた。

（鼓笛　二〇二〇年二月）

進水式

長崎の港を抱き山眠る　　　佐々木光博（朝日俳壇、20年2月）

まさに長崎の地勢を言い当てた句である。長崎のもつ特有の地形をかく強く意識したのは、吉村昭の『戦艦武蔵』を読んだ折であった。

同作家の取材日記である『戦艦武蔵ノート』なども三十年近く読まずじまいであった。それをなぜか手に取ると初っ端からもうビックリ……。あれ、武蔵って長崎でつくったの？という驚きでとうとう二冊とも読んでしまった。「武蔵」は、民間の三菱長崎造船所に委託されて長崎港で造られたものである。

アニメ『宇宙船艦ヤマト』が一世を風靡したせいか、戦艦武蔵は戦艦大和ほど認知されていないようだ。が、二艦は姉妹艦である。広島県の呉《くれ》海軍工廠、造船ドックで竣工の第一号艦大和。それをモデルに更に排水量六万四千トン、口径四十六センチ主砲を搭載し、三連装砲塔三基九門を擁する未曾有の超弩級戦艦、それが第二号艦武蔵であり、地球上最後の巨艦となる。

ご存じ、グラバー邸から長崎港をはさんで対岸をみやると目に止まるのが、長崎造船所である。ここで「武蔵」の進水式が行なわれたのは昭和十五年十月三十一日、秘密保持に細心の注意を払いながら……。

隠すことにこれほど情熱を傾ける、それを強いるのが戦争のまたの姿なのか。「武蔵」が建造された第二船台は、長崎港の海岸沿いで町から易々と見えてしまう。それで周囲を棕櫚《しゅろ》スダレで遮蔽されながら「武蔵」は建艦され、進水したのだった。小島ひとつ程の巨艦ぶりなので、四百トン越えの棕櫚縄を要したという。その進水シーンが『戦艦武蔵』最大の山場である。

長崎港は水面がせまい。かつ深くくびれている。船台上から「武蔵」は身を徐々に滑らせ、巨体を海に浮べねばならない。進水設計士の計算と、進水工作士の技術、そして総力の結集の場だ。進水には、やり直しが許されない。少しの過失も大事故を招く恐れがある。準備中に不意に滑走し出したら制御など利かない。逆に支綱《しこう》を切断されても、船体が動き出さないことも。一度滑走に失敗したら、再び進水させるのは不可能で、巨船はそのまま船台に立ちすくんだままとなる。

果たして「武蔵」は計算通り湾に浮んだ。

進水後、付近は海面が三十センチ盛り上がり、対岸では高潮のため床上浸水した民家もあったという。

（鼓笛　二〇二〇年七月）

五島崩れ

日本のみならず、世界規模でコロナ・ショックに揺れている四月下旬のとある日、そのお方は新聞の全面広告にすっと現われた。長崎県五島列島の椿プロジェクトを応援している、椿サポーター、吉永小百合氏である。さわやかな風に誘なわれるようにこころは南国、五島列島へと翔んだ。

九州の最西端に位置する五島列島は、長崎市から百キロ米《メートル》の沖合に、百四十余りの島を浮かべる。その名のとおり、北から中通《なかどおり》・若松・奈留《なる》・久賀《ひさか》そして福江の五島を中心として。

奈留島以南を下五島、若松島以北を上《かみ》五島と呼び分けていたが、平成の大合併で前者を五島市、後者は新上五島町へと再編される。両市町の人口は六十五年前の十五万から減り続けている。が、古代には中国との交易路に当たり、遣唐使船は往路にて日本で最後の風《かざ》待《ま》ちをした、という。いずれも屈曲に富んだ美しい海岸線が、それを物語っている。

さて江戸期にキリシタンが長崎の外海《そとめ》地区から次々と五島列島へ移住してくる。弾圧逃れのためである。そして明治以降、島の各地に教会が建設されていった。その流れをうけ五島列島をも含む、四構成資産から成る〈長崎と天草地方の潜伏キリシタン関連遺産〉がユネスコ世界遺産に登録された。二〇一八年夏のことであった。

それに遡ること四百年、徳川幕府による禁教令が全国に発布され（一六一四）、島原・天草一揆（一六三七～三八）をさかいに幕府の検挙・迫害は更に激化する。そして一六四四年には国内に潜んでいた最後の神父が殉教したのだった。

苛烈な締めつけの度にキリシタンらは尚も、奥へ裏へと潜まざるを得ない。主《おも》なる集落は長崎・天草の西海岸に点在しているようだが、離れ小島や五島列島などもっと不便な、もっと人目につかない方へ移っていくのだ。

かつての弾圧を今に伝える洞窟が、新上五島町若松にある。明治の初め〈五島崩れ〉という弾圧で棄教を迫ったのだ。切羽詰まったキリシタンらは、船でしか近寄れない断崖の洞窟に籠るも、焚き火の煙で見つかってしまい、半端ではない拷問を課されたのである。「神はなぜ、ずっと沈黙しておられるのか」という呟きが洞窟から漏れてくるようだ。

幕府から禁教政策を受けついだ明治政府がそれを解いたのは一八七三（明治六）年のことだった。

（鼓笛　二〇二〇年七月）

あとがき

早いもので第一歌集『風のみち』出版から十年がたち、健康面を占うような気持ちで第二歌集上梓へと取り組みました。歌集に名を付すときには、ざっと歳月を俯瞰するかの、些かの感慨に捉われたものです。

さて歌集名『折り鶴』は、同名の章題から採ったもの。一首あげるなら、

ツル折らむツルを折るときツル折れば未だ焦がれるわたし流ツル

苦手だけれどツルを折りたいという心は、なかなか叶わないけれど、だからこそ希《こいねが》う平和へのまなざしに似ています。そうした平和への願いも、思えば幼少期に父母から学び、受け継いだものなのでしょう。拙書を、高齢の父と母に届けられる幸せを今かみしめています（因みに父は九十三歳）。

ところでみなさまには、併録した長崎のエッセイも合わせて読んで頂けたなら大変うれいです。

この度は「鼓笛」の先輩、それも石本師のお傍《そば》にいらした先輩方の助けに与かれましたこと、感謝しております。
また不慣れな私を快く導いて下さった飯塚書店の、飯塚行男様にも感謝申し上げます。

令和二年七月

永野　雅子

永野《ながの》　雅子《まさこ》

一九五四年　愛知県生まれ
「鼓笛」同人、編集部員
歌集『凪のみち』
趣味　秘仏めぐり
現住所　〒二四一-〇八〇一
神奈川県横浜市旭区若葉台四-九-一〇三

鼓笛叢書——六
歌集『折り鶴』

令和二年八月三〇日　初版第一刷発行

著　者　永野　雅子
装　幀　山家　由希
発行者　飯塚　行男
発行所　株式会社　飯塚書店
http://izbooks.co.jp
〒一一二-〇〇〇二
東京都文京区小石川五-一六-四
☎ 〇三（三八一五）三八〇五
FAX 〇三（三八一五）三八一〇

印刷・製本　日本ハイコム株式会社

ISBN978-4-7522-8133-7　飯塚書店令和歌集叢書——11